Société de Géographie
DE TOULOUSE

De Toulouse
à Lisbonne

LE PORTUGAL

PAR

M. S. GUÉNOT,

SECRÉTAIRE GÉNÉRAL DE LA SOCIÉTÉ DE GÉOGRAPHIE,
PRÉSIDENT DU SYNDICAT D'INITIATIVE,
MEMBRE DU CONSEIL SUPÉRIEUR DE L'OFFICE NATIONAL DE TOURISME.

TOULOUSE
IMPRIMERIE M. BONNET
2, RUE ROMIGUIÈRES, 2
—
1912

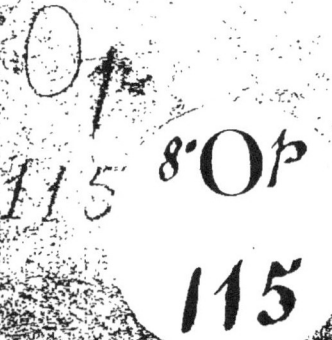

Société de Géographie
DE TOULOUSE

De Toulouse
à Lisbonne

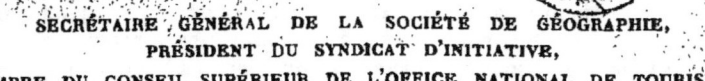

LE PORTUGAL

PAR

M. S. GUÉNOT,

SECRÉTAIRE GÉNÉRAL DE LA SOCIÉTÉ DE GÉOGRAPHIE,
PRÉSIDENT DU SYNDICAT D'INITIATIVE,
MEMBRE DU CONSEIL SUPÉRIEUR DE L'OFFICE NATIONAL DE TOURISME.

TOULOUSE
IMPRIMERIE M. BONNET
2, RUE ROMIGUIÈRES, 2

1912

De Toulouse à Lisbonne

LE PORTUGAL

MESSIEURS,

Le Congrès de tourisme, qui a motivé notre voyage à Lisbonne, a été un succès considérable, succès dû à des causes spéciales qui se rencontrent bien rarement réunies à notre époque.

Les circonstances politiques ayant donné naissance, en Portugal, à un nouveau gouvernement, ce gouvernement a tenu à recevoir les représentants bénévoles de la France et de l'Espagne avec des honneurs qui, parfois, les ont, je ne dirai pas embarrassés, mais confondus.

Malgré toute l'importance prise de nos jours par le tourisme, nous ne supposions pas qu'il fût possible de le mettre ainsi au premier plan des préoccupations de toute une nation, pendant tout un mois.

A notre époque, la loi du nombre étant un facteur décisif des jugements des hommes, nous devons reconnaître que cet élément nous était acquis : le Congrès de Lisbonne a compté 1.500 adhérents, environ 900 hommes et 600 femmes, sur lesquels 700 Français.

Cela ressemblait à un nouvel exode des pays latins à la conquête de la Toison d'Or!

Le Comité d'organisation du Congrès avait, il faut lui rendre cette justice, fait tout ce qu'il fallait pour obtenir un aussi brillant résultat numérique: 1º par une incessante propagande qui a duré six mois; 2º par les faveurs extraordinaires accordées aux congressistes.

L'Eglise de la Conception.

Nous ne croyons pas que les sirènes de la fable aient usé d'appels plus puissants, plus répétés, plus irrésistibles que le Comité.

> De fleurs en fleurs,
> De plaisirs en plaisirs,
> *Nous étions invités, à promener nos désirs.*

De ce fait, le Comité a droit aux plus vives félicitations et des remerciements spéciaux sont dus et ont été adressés en leur temps aux membres de la Propagande de Lisbonne et, en particulier, à M. Emygdio da Silva, le brillant commissaire général et la cheville ouvrière de cette belle manifestation.

Parmi les faveurs accordées aux adhérents, il en était une extraordinaire et particulièrement appréciée : c'était de pouvoir circuler gratuitement, pendant un mois, en première classe, sur tout le réseau des chemins de fer portugais. Il n'y avait autrefois que les dieux susceptibles de combler ainsi les vœux des mortels, en les transportant, au gré de leurs désirs, d'un lieu à un autre, sans bourse délier ; ce miracle s'est renouvelé à notre intention.

Cette faveur n'était pas sans inconvénients. Le moindre a été de nous donner pour collègues des personnages qui n'avaient rien de commun avec le tourisme.

Nous devons toutefois reconnaître, avec satisfaction, que la délégation française, bien que la plus nombreuse, n'a donné prise, de ce chef, à aucune critique.

Toulouse y était représentée par le chiffre respectable de 75 congressistes.

Il faut dire que Lisbonne a été particulièrement sensible à l'importance des deux délégations toulousaines, celle de la municipalité et celle du Syndicat d'initiative et leur a manifesté, en toutes circonstances, des égards particuliers et délicats dont nous ne saurions nous montrer trop reconnaissants.

***

Ceci dit, voyons comment s'est effectué ce long voyage des bords fleuris de la Garonne, chantés par les troubadours, aux rives heureuses du Tage, célébrées par les poètes.

Nous savons tous que pour aller en Portugal, par terre, il faut traverser l'Espagne.

Autrefois, ce voyage demandait des mois et, malgré toutes les précautions, il demeurait plein de pittoresque et d'imprévus.

Rappelons-nous les voyages romantiques décrits avec tant de verve et d'humour, par Théophile Gauthier, Amicis, Gustave Doré et beaucoup d'autres.

Sans doute, les temps sont changés, mais on ne saurait dire que l'imprévu ne se rencontre encore en plus d'une occasion. La preuve, c'est qu'à peine arrivés en Espagne, il se manifesta à nous sous une forme plutôt rébarbative. Les sages, qui avaient consulté les indicateurs de chemins de fer pour établir le devis de leurs dépenses, furent surpris de constater qu'on leur demandait un tiers en plus du prix indiqué sur ces documents officiels.

Renseignements pris, ce tiers en plus, une bagatelle, constituait l'impôt du Trésor, quelque chose comme chez nous le droit des pauvres. Le fisc n'en fait pas d'autres! C'est sa manière à lui de favoriser le tourisme. Il n'y avait pas à insister, mais à payer. C'était moins émotionnant, en somme, que le tromblon d'un bandit pyrénéen.

C'était notre premier accident, non pas mortel, heureusement, mais nécessaire pour rendre le touriste philosophe en voyage et le préparer aux surprises de cette nature.

Notre longue randonnée nous a été rendue particulièrement agréable par les relations amicales que Toulouse compte actuellement en Espagne.

Les nombreuses manifestations auxquelles nous avons pris part, dans le cours de ces dernières années, y ont rendu populaire le nom toulousain. Il suffit aujourd'hui de s'en réclamer dans la patrie de Cervantès pour y recevoir le meilleur accueil.

Afin de diminuer notre fatigue et de rendre profitable notre déplacement, nous avions décidé de diviser notre voyage de 2.000 kilomètres et de 36 heures de route en étapes.

Notre premier arrêt eut lieu à Burgos, où la municipalité, qui nous avait envoyé des délégués l'année précédente, se fit une fête de nous recevoir.

Le jour même de notre arrivée, nos aimables hôtes nous conduisirent à une course de taureaux et, le soir, à un brillant concert symphonique, donné au théâtre par la célèbre *Banda filarmonica* de Madrid.

Courses de taureaux et séguidilles, nous ne pouvions douter que nous ne fussions en Espagne!

Le lendemain, nous visitions cette admirable cathédrale

Une femme du peuple.

de Burgos, dont on peut dire, sans aucune hyperbole, que c'est une des merveilles du monde, puis la célèbre *cartuja*, le Musée provincial, la maison et le tombeau du Cid, les arcs de triomphe et autres monuments de cette ville du souvenir, qui n'est pour ainsi dire tout entière qu'un musée. Le souvenir du Cid y est encore si présent qu'on y respire en quelque sorte le parfum de l'honneur et de la gloire.

Pendant ces deux jours, la municipalité nous reçut à l'hôtel de ville et nous prodigua ses plus délicates attentions. Le maire de Burgos avait même poussé la gracieuseté jusqu'à mettre son propre équipage, chevaux et voitures, à notre disposition.

Il nous faut faire effort pour nous arracher à l'intérêt, à la contemplation, à la fascination que les merveilles de la ville du Cid étale à nos yeux éblouis; mais cela nous entraînerait trop loin, nous renvoyons le récit de ces impressions à une autre circonstance.

**

De Burgos, nous nous dirigeons vers la célèbre ville universitaire de Salamanque, où nous admirons également le pittoresque de ses monuments, sa population, ses différents aspects.

Par un singulier contraste, assez fréquent en Espagne, la plus grande opulence coudoie, dans la *reine du Tormès*, les plus misérables pauvretés.

On y rencontre notamment des cathédrales imposantes, des églises somptueuses et une splendide place publique qui redit aux frontons de ses arceaux, de ses portiques et de ses corniches, où sont multipliés les bustes et les effigies, toute la gloire de l'Espagne au quinzième et au seizième siècles.

Toutes ces richesses expliquent qu'on lui ait donné, à cette époque, le surnom de « Petite Rome ». Elle possédait alors les plus illustres personnages de la noblesse de Castille. Son Université était proclamée un peu témérairement « la mère des vertus, des sciences et des arts ».

A côté des splendeurs du passé se voient des rues défoncées et mal tenues, des boutiques rustiques aux couleurs tapageuses et dans les faubourgs des habitations de troglodytes où l'on voit apparaître des êtres humains qui semblent cependant heureux de vivre dans ces cavernes.

C'est ainsi que nous voyons, près du pont romain, s'encadrer dans des lucarnes pratiquées dans des gourbis de terre battue de ravissants et riants minois de modistes, de lingères, de couturières et autres gagne-petit.

La jeunesse et la beauté de la plupart de ces jeunes femmes ne perdent rien à ce contraste pas plus, du reste, que la coquetterie. Heureux âge!

Nous surprenons là un des caractères de la mentalité péninsulaire. On attache une grande importance aux côtés extérieurs, à la façade des gens et des choses sans se préoccuper de l'harmonie qui doit régner entre les apparences et les réalités.

C'est ainsi que dans la plupart des palais et des maisons des deux États péninsulaires, on est étonné de constater l'état misérable de l'ameublement, la rusticité, la sobriété des tables des particuliers.

Salamanque a vraiment un aspect oriental, on sent qu'on est déjà davantage en Afrique qu'en Europe. Et cette ville a conservé un caractère d'une mélancolie originale et pittoresque du plus haut intérêt.

Là encore les occasions ne manqueraient pas de s'arrêter, de butiner en chemin, de baguenauder en amateur d'art et d'histoire pour redire tout l'imprévu et le charme qui se dégagent de cette ville étrange.

Reprenons vite le train pour ne pas succomber à la tentation en adressant toutefois en passant un souvenir ému au champ de bataille des Arapiles, de triste mémoire. qui se trouve, comme on sait, dans le voisinage.

* *

En nous plaçant au point de vue général, disons qu'il est bien heureux que des perles comme Burgos et Salamanque aient été semées éparses sur le plateau péninsulaire, car les régions que traverse la grande ligne que nous suivons n'inspirent guère d'autre sentiment que celui de la mélancolie et de la tristesse.

Quand on a quitté ces villes célèbres par l'histoire, l'art et l'idéal, c'est en vain que l'œil en détresse cherche à

2

l'horizon des campagnes agrestes, de riants paysages, des sites intéressants, il ne rencontre qu'une plaine aride, morose, fermée par de puissants massifs pelés et nus. On ne voit partout que montagnes sans forêts, terre sans verdure, rivière sans eau, campagne sans habitants.

On circule des heures et des heures à vive allure, sans rencontrer âme qui vive.

Hôtel
de Bussaco.

Le plateau péninsulaire, c'est le désert!

On peut, en effet, comparer la forme du relief espagnol à une assiette renversée, dont les bords seuls sont susceptibles de verdure et de végétation.

On s'explique que sur les chemins de fer espagnols les lignes soient clairsemées, les trains rares et les horaires parfois bien extraordinaires et bien incommodes.

C'est qu'en effet, on ne saurait trouver de compagnie disposée à créer des lignes sans trafic, des trains sans voyageurs et sans marchandises, des entreprises sans profit.

Voilà la raison sans doute pour laquelle on parle depuis 50 ans de créer les transpyrénéens sans que l'on ait réalisé jusqu'ici rien de bien appréciable, à cet égard, en Espagne.

Si jamais ce pays veut reconquérir une certaine puissance économique, il devra d'abord reconstituer son sol par le reboisement. Il s'en préoccupe et y travaille avec une certaine activité. Mais c'est là, on le comprend, œuvre de longue haleine.

Quand on a vu ces régions désolées, on s'explique l'insuccès de nos héroïques soldats pendant les guerres du premier Empire. Leur courage pouvait lutter contre des hommes, mais non contre la faim, la soif, l'absolu dénuement des choses. Ils ont été vaincus par le désert!

La déforestation du plateau péninsulaire par la guerre et les abus de la transhumance, de la *Metza*, ont isolé en quelque sorte le Portugal de l'Europe, par les déserts de Léon, de Castille et d'Estrémadure.

C'est sans doute cette circonstance qui a favorisé l'indépendance de la Lusitanie d'abord et son caractère original et particulier ensuite. Elle n'a pas encore perdu sa couleur nationale et primitive, elle garde les allures pittoresques qui lui sont propres, peut-être autant que l'Espagne, et on y trouve encore cet intérêt de la nouveauté que l'on ne rencontre plus guère dans l'Europe occidentale.

Mais nous n'y sommes pas encore. Au fond de l'Estrémadure, nous finissons par rencontrer quelques rares êtres humains, quelques ganaderias de toros, errants dans des dépressions de terrains verdoyants, au milieu d'immenses espaces de sol maigre où ne poussent, au milieu des graviers et des cailloux, que quelques bois d'oliviers clairsemés au feuillage grisâtre et mélancolique.

*
**

Enfin, nous arrivons à la frontière portugaise, à Villa

Formoso, petite localité insignifiante, située à la partie supérieure du toit qui, de la frontière, s'infléchit vers le couchant.

Par suite, nous allons descendre de 1.200 mètres d'altitude, pendant 1.400 kilomètres, avant d'arriver à destination, c'est-à-dire à Lisbonne.

Ainsi adossé au plateau castillan par des monts altiers et des gorges profondes, le pays portugais descend majestueusement de gradin en gradin jusqu'à l'Atlantique, dans lequel il enfonce son extrémité occidentale, comme un éperon.

Nous traversons donc tout d'abord une région très élevée, bouleversée et escarpée, où se rencontrent de vé-

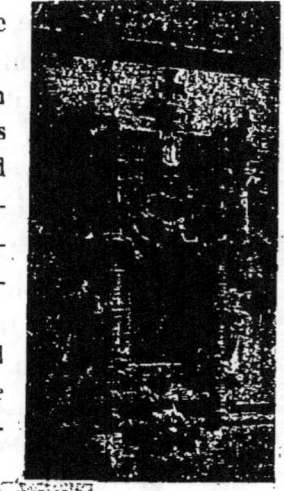

Fenêtre du chœur
à Tomar.

ritables chaos de pierres levées, des monolithes de toutes tailles et de toutes dimensions, érodés par les agents atmosphériques et se

L'Eglise du Christ.

présentant au regard comme sous les formes les plus bizarres et les plus fantastiques. Ce chaos, d'une superficie considérable, ressemble au Sidobre de Castres, à Montpellier le Vieux, aux gorges du Tarn, à ces phénomènes naturels qui font l'objet de notre admiration partout où nous les rencontrons.

Comme toutes les voies de montagne, la ligne, des plus pittoresques, a nécessité de nombreux travaux d'art qui lui permettent tantôt de franchir des vallons sauvages remplis de sapins, de pins, de mélèzes et de rhododendrons, tantôt de s'accrocher et de se suspendre au flanc des versants.

En arrivant à la station de la Guarda, où se termine le premier embranchement motivant un changement de train, nous rencontrons déjà toute la couleur locale désirable. Des plus primitives sont les installations de la gare, construite en partie en bois.

Au buffet, au sol de terre battue, de rudes pasteurs des sierras de Guardhuma, d'Estrella et de Lauza, des montagnards de la Haute Beira et du Tra os Montès, avec leurs femmes, se pressent autour d'un comptoir rustique, à peine équarri à coups de haches, pour y discuter de leurs échanges, de leurs intérêts.

Les hommes portent la culotte de velours ou de droguet, la veste courte et serrée à la taille, la ceinture de grosse laine de couleur voyante, le chapeau de feutre à large bord et, sur l'épaule, une couverture à raies multicolores et effacées. Energique et rude est leur attitude, souples et nerveux leurs membres. Debouts, ils s'appuient sur un long bâton.

De leur côté, les femmes sont revêtues de la jupe courte, d'un corsage de bure, serré avec des lacets, d'un mouchoir dont les extrémités leur recouvrent les épaules et la gorge. Ces vêtements ont toujours des couleurs voyantes et souvent bigarrées. Elles s'ornent de nombreux bijoux d'or, d'argent ou d'imitation, bijoux en filigranes ou en creux, qui sont une des industries du pays.

Les groupes discutent gravement, à mi-voix, autour d'un *unique et grand verre de vin, qui circule à la ronde, de bouche en bouche.* Chacun boit une gorgée du précieux liquide et quand le verre est vide, on le fait remplir à nouveau en payant chaque fois 40 reis.

Au fur et à mesure que nous descendons, l'exubérance de la végétation s'accentue. Le cadre des torrents écumeux se peuple de massifs de cyprès géants, de fougères arborescentes, d'eucalyptus et autres plantes des pays chauds.

Enfin, nous saluons les rives du Tage, célébrées par la poésie et la légende.

En ce point de notre route, le contraste est éclatant entre l'aridité de l'Estrémadure espagnol et la fécondité de cette terre bénie du ciel. Aux revêches solitudes que le fleuve vient de parcourir, entre Tolède et Alcantara, succèdent les plantureuses campagnes et l'éternel printemps de la terre portugaise.

Les magiciens qui ont réalisé ce coup de théâtre sont le soleil et l'eau.

Les vapeurs de l'Atlantique, poussées par les vents d'ouest, viennent se condenser et se réduire en pluie au-dessus de ce sol privilégié, avant d'arriver au plateau espagnol.

En hiver et au printemps cette terre reçoit une trombe d'eau de plus de 5 mètres de hauteur.

Des plus doux est le climat qui oscille entre les moyennes de + 12 en hiver et + 24 en été.

L'aspect du pays est enchanteur, le ciel d'un bleu de saphir. C'est le vrai paradis du touriste ; pour s'instruire ou se récréer, il n'a que l'embarras du choix.

On trouve là, en effet, les vallées délicieuses du Douro, du Mondégo, du Minho et du Tage ;

Des édens de végétation comme les jardins suspendus de Bussaco, de Cintra, de la Pena et de Vidago ;

Des corniches et des côtes d'azur comme Sétubal et Cascaes ;

Des paysages agrestes et idylliques comme ceux que nous avons rencontrés entre Douro et Minho ;

Des sites aux tons vigoureux, chauds et colorés, presque africains, comme ceux de l'Algarve ;

Des villes pleines de couleur, de pittoresque et de souvenirs, comme Lisbonne, Porto, Coimbre, Guimaraes, Evora, etc., etc.;

Et enfin, des monuments d'une magnificence très particulière, comme les monastères de Tomar, d'Alcobaça et de Belem, qui témoignent de l'extraordinaire puissance d'expansion de ce petit peuple à une minute de son histoire.

Bouches de l'Enfer.

Des altitudes moyennes où nous sommes parvenus, **nous** assistons aux métamorphoses du fleuve.

Les eaux du Tage, frémissantes de leur passage à travers les gorges qu'enjambent les arches colossales du pont romain d'Alcantara, se dégonflent peu à peu dans un lit qui s'élargit progressivement.

L'afflux des eaux, en aval d'Abrantès, achève de modifier sa physionomie et d'une rivière de montagne **fait** une rivière de plaine, dont les eaux fatiguées semblent flaner autour d'innombrables îlots sablonneux ou marécageux.

Au-dessus du village d'Alverra, le Tage s'étale brusquement en lac, ou plutôt en golfe de 30 kilomètres de long sur 6 à 12 kilomètres de large.

C'est la célèbre « mer de paille », ou rade de Lisbonne, sur les bords de laquelle la métropole du Portugal étage, dans un artistique désordre, la masse gaie de ses blanches maisons et de ses vastes promenades, d'où émergent les coupoles brillantes de ses églises et les tours superbes de ses palais somptueux.

Cette magnifique rade communique avec la haute mer par une passe large de 1 à 3 kilomètres, resserrée entre la crayeuse serra d'Arrabida et les hauteurs basaltiques de Cintra : elle rappelle tout à la fois le Goulot de Brest, avec ses fortifications, et l'entrée des Dardanelles, avec ses rochers roux ombragés.

De fait, les deux rives du delta du Tage ne se ressemblent guère ; tandis que la rive gauche est restée basse et se développe, vers le sud, en une vaste plaine, la rive droite est bordée de collines de 5 à 600 mètres de hauteur, qui, dans la partie comprise entre le fleuve et l'Atlantique, se redressent parfois en véritables montagnes, monte Junto ou serra Adoise.

⁎

En suivant les rives vagabondes et verdoyantes du Tage, nous arrivons, nous aussi, au port.

Le Comité d'organisation a bien fait les choses. Des commissaires, venus courtoisement au-devant de nous, nous ont, dans les wagons, distribué nos billets de logement.

Une commission, en permanence à la gare, reçoit les congressistes et leur souhaite la bienvenue.

À peine débarqués, un petit incident nous donne, comme en Espagne, une note de couleur locale et nous rappelle les petites déconvenues auxquelles sont exposés les touristes.

Une voiture de place me conduit de la gare du Rocio à mon hôtel.

Quand je demande au cocher le prix de la course, flegmatiquement il me répond : 1.000 reis.

Mille reis? Ce chiffre me déconcerte. En me demandant si j'ai bien entendu, je porte la main à mon portefeuille, anxieux de ne pas avoir pris assez d'argent pour payer la première dépense que je fais en ce pays.

Mille reis! Caramba! comme on dit au pays du Cid, ce n'est pas une musette!

Avant de m'exécuter, je demande s'il s'agit du prix de l'attelage ou de celui de la course?

C'est bien de la course!.

Renseignement pris auprès du portier de l'hôtel, providence des voyageurs, je respire; j'apprends que le reis ne vaut qu'un demi-centime environ, ce qui met encore le prix de ma course à 5 francs, pour 10 minutes de trajet.

Le tout est de s'entendre.

Mais d'autres s'étaient entendus avant moi, c'étaient le portier et le cocher, car ma course était majorée de 50 %, ce n'était que 500 reis que je devais et ce fut 1.000 reis que paya mon ignorance.

En Portugal, on adore l'hyperbole. C'est ainsi qu'au lieu de dire un escadron de cent chevaux, on dit un régiment de quatre cents pieds de chevaux.

Les rues ont plusieurs centaines de numéros, mais il ne faut pas confondre numéros avec maisons. Cela tient à ce que toutes les ouvertures du rez-de-chaussée, portes et fenêtres, indifféremment, ont chacune un numéro.

En cet heureux pays on peut se permettre de donner négligemment un billet de banque de pourboire au garçon ou au commissionnaire et en avoir le portefeuille encore gonflé, seulement chacun de ces billets ne vaut que 100 reis, c'est-à-dire 50 centimes.

Il n'est pas de petit peuple, vous dira-t-on, après Victor Hugo, mais seulement de petits hommes!

Ce reis, qui est bien la monnaie la plus incommode qui se puisse rencontrer, est avantageuse pour les commerçants, disciples de Mercure, comme on sait.

Lisbonne est visitée par un grand nombre de touristes; par suite, l'industrie du change y fleurit.

Et il n'est rien d'ondoyant et divers comme le taux de cette monnaie. Il dépend des circonstances les plus diverses appréciables seulement pour les bons commerçants, aptes à deviner le besoin et la psychologie de l'acheteur.

Cascaes. — Esplanade Maria Pia.

C'est ainsi qu'à Villa Formoso on nous donnait 925 reis pour 5 francs, à Coimbre, un peu plus loin, 950 et enfin à Lisbonne 975 et même le pair, c'est-à-dire 1.000 reis.

En réalité, les 1.000 reis valent environ 4 fr. 50.

Le bénéfice sur le change est donc, pour le commerce portugais, au moins de 10 %.

Mais ce que les commerçants et industriels gagnent en détail, l'Etat le perd en gros.

Comme il doit à toute l'Europe et qu'il est obligé de payer en or et non en reis, il y a presque toujours à Lisbonne une véritable crise du change qui ne favorise guère son essor économique. On sait que depuis 1834, ce malheureux pays ne parvient pas à équilibrer son budget qui régulièrement, chaque année, est en déficit. De plus, chose grave, le souvenir de sa banqueroute est encore présent à toutes les mémoires!

Il va sans dire qu'on ne voit pas d'or en Portugal, mais beaucoup trop de fausses monnaies en argent. Le papier abonde comme en Espagne et pour les mêmes raisons.

**
**

Arrivés à l'hôtel, qui a été attribué aux Toulousains, chacun s'installe. Cet établissement, admirablement situé, sur le port, est fort bien tenu, par un Allemand, naturellement.

Il y aurait un chapitre à écrire sur le succès de l'expansion allemande en Portugal, comme en France et partout, du reste.

De nos fenêtres, donnant sur la place Terceira, nous avons une vue splendide sur Belem, Cascaes, le mont Estoril et l'immense plaine de l'Estrémadure, sur la rive gauche du fleuve.

Dans le port, construit par nous, se pressent, sur un développement de 10 kilomètres de quais, des navires de toutes les nations. Le coup d'œil est superbe!

De là, également, nous pouvons contempler le pittoresque de la rue et de la place.

Comme à Toulouse, on se presse, le matin, aux éventaires des kiosques de journaux pour y acheter le journal quotidien devenu aussi indispensable que le petit pain. Chose curieuse, la presse française y tient une place presque aussi grande que la presse nationale.

Là se vendent tous les jours d'innombrables journaux de Paris et de nos provinces; aussi peut-on dire que ce peuple vit bien plus des idées françaises que des siennes propres. A cet égard, c'est un de nos satellites.

Ce fait rare constitue une mentalité très spéciale à la partie, je ne dirai pas éclairée, mais aisée de la population.

Par suite, il n'est pas du tout nécessaire de connaître le portugais pour circuler dans Lisbonne. Dans toutes les classes de la société, on comprend et on parle notre langue. Il n'est pas rare de rencontrer des Portugais parlant mieux le français que beaucoup d'entre nous.

Ajoutez à cela que ce peuple a des traditions de courtoisie et de politesse raffinée acquises par une longue fréquentation de l'étranger.

Cette politesse native, ajoutée à la sympathie portugaise pour les idées françaises se reportaient sur les personnes et chaque fois que l'un de nous adressait une demande de renseignements dans un lieu public, ou manifestait simplement sa nationalité, il était aussitôt l'objet de la complaisance empressée des Portugais qui l'entouraient, et cette complaisance s'exprimait avec tant d'amabilité et de sollicitude que l'on en était parfois touché.

Nous avons eu à constater que le peuple portugais est loin d'être aussi ignorant qu'on l'a prétendu ; de plus, la classe aisée est généralement très instruite, aussi bien les femmes que les hommes.

Beaucoup de ces dernières non seulement connaissent plusieurs langues, mais encore la littérature des pays étrangers et, en particulier, la nôtre.

Notre érudit camarade Labrouche, qui, comme Pic de la Mirandole, pourrait discuter sur toutes sciences, lettres et arts connus et encore sur autre chose, fut très surpris des aperçus historiques et littéraires des jeunes filles qui nous accompagnaient à la Pena, aperçus sur la plupart de nos écrivains anciens et modernes.

* *

Quand on se promène à Lisbonne, dans la ville aux sept collines, on en admire les vues panoramiques, qui changent à chaque pas, en raison du sol des plus accidentés sur lequel elle est bâtie.

Vue du fleuve, elle offre l'aspect d'un magnifique amphithéâtre où s'étagent, de gradins en gradins, ses grandes rues, ses vastes places, ses blanches maisons de quatre à cinq étages dans les quartiers neufs, ses monuments publics, ses riches palais, ses églises somptueuses, le tout vigoureusement éclairé par un ciel de saphir.

La baie de Cascaes.

Le coup d'œil est vraiment féerique. On s'explique le mot de la duchesse d'Abrantès : « Avant de quitter pour toujours ces lieux bénis du ciel, regardez, mes yeux, et n'oubliez jamais ! »

Quand on a visité cette brillante capitale, on souscrit également au proverbe portugais :

Quem nao vio Lisboa
Nao vio causa boa.

que l'on doit traduire :

Qui n'a pas vu Lisbonne
N'a pas vu chose belle.

La place du Commerce, que je vous montrerai tout à l'heure, est une des plus remarquables du monde. Avec elle rivalise la place du Rocio et de Don-Pedro. Cette dernière, beaucoup plus fréquentée, rendez-vous des élégances portugaises, est comme le cœur de la cité. C'est là que se trouvent les cafés à la mode, plusieurs théâtres, notamment le théâtre Dona Maria, où l'on jouait *la Veuve Joyeuse* et autres pièces nouvelles du théâtre français.

*
* *

C'est en ce point qu'on peut faire de curieuses études de mœurs sur la population.

On y trouve constamment des groupes de philosophes qui y stationnent, on pourrait dire, jour et nuit.

Me rendant un jour de pluie fine à une séance du Congrès, qui dura cinq heures, je remarquais un groupe de ces dilettanti, imperturbables sous la pluie, devisant négligemment des faits du jour; à mon retour, ils y étaient encore, et alors que la pluie, qui n'avait cessé, avait mouillé toutes les parties circonvoisines, ils avaient abrité, de leur manteau, le sol qui était demeuré parfaitement sec.

Un de nos collègues, noctambule, un artiste, du reste, les trouva encore à la même place à 2 heures du matin et n'était pas éloigné de croire qu'ils étaient nécessaires à l'équilibre des maisons contre lesquels ils s'appuyaient avec complaisance et qu'ils ne devaient pas être soumis, comme le reste des humains, à la loi du sommeil. A cela rien d'étonnant, les nuits de Lisbonne sont aussi douces aux yeux que le miel aux lèvres!

Que font donc ces péripatéticiens? Ils souffrent d'un mal latin qui tend à devenir contagieux. Ils parlent politique; voilà près d'un siècle que jour et nuit sans se lasser ils édifient et renversent des ministères.

Ils passent leur temps à traîner Brutus aux gémonies, à

élever Héliogabale sur le pavois et alors que leur proso-
popée débordante multiplie sur toute l'étendue du terri-
toire de luxuriants parterres des fleurs les plus colorées de
la rhétorique, les champs demeurent sans culture, les ate-
liers sans travail et sans bras, le commerce sans activité
et le Trésor sans argent.

Il n'est pas de pays où l'on compte proportionnellement
plus de journaux politiques. Il y en a 400.

Il va sans dire que si les campagnes manquent de bras,
les villes en regorgent.

Aussi ne suis-je pas loin de croire que les Lisbonnais
méritent quelque peu la réputation qu'on leur fait de se
complaire dans le *dolce farniente* et de n'avoir qu'un goût
des plus limités pour les occupations laborieuses.

Ce n'est pas là une des moindres causes de l'état de
marasme dans lequel se débattent le commerce, l'industrie et l'agriculture de ce pays depuis des siècles. En ce
qui concerne cette dernière, plus de 300.000 hectares susceptibles de culture sont en friches.

Comme le Castillan, l'heureux habitant du delta du Tage
vit un peu de sa gloire passée, ce qui n'est pas très subs-
tantiel et ce qui explique son histoire économique et sa
répercussion sur la politique.

Il aime le luxe, l'ostentation, sans avoir suffisamment
égard au labeur qui les procure.

« Ainsi, nous dit un de ses historiographes (1), il se
croirait déshonoré s'il ne portait un vêtement soigné, sinon
à la dernière mode, des bijoux un peu partout, dût-il, pour
satisfaire son luxe extérieur, vivre dans une masure et se
nourrir toute l'année de riz, de poisson salé et d'eau
fraîche. »

« Il est un aliment encore plus populaire et plus répandu,
sorte de polenta composée de pain, d'eau, assaisonné d'ail

(1) Xavier de Carvalho, *Lettres portugaises.*

et d'huile, à l'usage du peuple. On ne peut que rendre hommage à celle sobriété. »

Pour rien au monde, le citadin, descendant des Albuquerque, des Cabral, des Vasco de Gama, ne consentirait à

Le Château de la Pena.

porter un paquet dans la rue, pour si petit qu'il fût. Cet amour pour la gloriole semble avoir changé avec le gouvernement républicain. Ses représentants actuels ont plutôt une tendance à pécher par défaut contraire.

Toutes les besognes serviles sont faites par les étrangers, les Gallegos et les Avarinos.

Les Gallegos descendent des montagnes de Gallice et sont les Auvergnats de Lisbonne. Ils ont, de ces derniers, la solidité de la charpente, la largeur de la face, la rusticité des manières et du langage, l'énergie laborieuse, l'esprit d'économie et le genre d'industrie.

C'est merveille de les voir porter, à deux, sur leurs robustes épaules ou sur leurs dos, à travers les rues montueuses de la ville, des tonneaux de vins de 200 litres, de lourds matériaux de construction ou autres invraisemblables charges.

Naturellement, le fier Portugais n'a que dédain pour ces rudes travailleurs; Gallego est, pour lui, synonyme d'hommes de peine, de goujats.

Le Gallego rend à son maître la monnaie de son mépris. « Pocos y locos », dit-il de lui, ce qui signifie : « Suffisant, vaniteux et fou ».

La rue et les avenues de la ville sont encore sillonnées par les Avarinas, c'est-à-dire par des femmes porteuses, courant tout le jour.

Il est vraiment très curieux de constater la persistance de cet usage n'admettant pas que les femmes du peuple, qui approvisionnent la ville quotidiennement en denrées de toute nature, ne puissent avoir d'autre allure que le trot.

Encore de nos jours, on voit les Avarinas s'en aller isolément ou en théorie portant un fardeau plus ou moins lourd sur la tête, les mains à la taille, le regard fixe, la gorge pleine et tendue, avec une légère ondulation des hanches, qui rythme leur marche alerte et robuste et s'harmonise avec la souple cambrure de leurs jambes et de leurs pieds nus, sous la robe haut relevée.

Un foulard de soie, de couleurs vives, aux pointes flottantes, et un petit chapeau noir, à bords arrondis, leur servent de coiffure.

Sur leur poitrine se croise un fichu multicolore s'harmonisant avec une jupe le plus souvent de couleur crue.

3

La plupart de ces femmes viennent de deux villes du littoral, Aveiro et Ovar, d'où leur nom d'Avarinas. Il est à remarquer que l'allure au trot est en quelque sorte nationale, car elle est également adoptée par les femmes de la campagne qui approvisionnent la ville.

Il faut voir là, jouer le système des équivalences, l'activité des femmes est sans doute pour faire compensation à l'indolence des hommes. Quoi qu'il en soit, elle conserve à la race une souplesse, une vigueur, une énergie peu communes. La santé de ces porteuses fait plaisir à voir.

Chose curieuse, un grand nombre de ces femmes, bien que chargées de lourds fardeaux, se présentaient à nos regards dans un état intéressant. Comme nous paraissions quelque peu surpris de la fréquence de ce phénomène, on nous affirma que la République avait promis d'adopter et de doter tous les enfants qui naîtraient dans les neuf premiers mois de son existence et nous étions au septième! *Si non e vero e bene trovato!*

*
* *

C'est avec un goût remarquable qu'ont été aménagés et ornés les rues, les places et les carrefours.

Les trottoirs sont pavés de mosaïques en pierres blanches et noires, basaltes et calcaires, reproduisant les dessins les plus élégants.

Sur les places publiques se voient réunis les quatre éléments de la beauté des villes, éléments qui en assurent toujours le succès : un groupe d'art ou une statue, une fontaine aux eaux jaillissantes, un parterre de verdure et de fleurs, et enfin, une propreté méticuleuse.

Depuis plus de deux siècles, de beaux aqueducs amènent à Lisbonne une eau abondante et pure, ce grand élément d'hygiène.

C'est aux jardins botaniques d'Estrella, de don Pedro d'Alcantara, ou encore d'Ajuda que l'on peut se rendre compte de la luxuriance de la végétation lusitanienne.

On ne voit partout que plantes vivaces, feuilles luisan-
tes et veloutées, fleurs radieuses, arbres triomphants.

Ce qui caractérise ces taillis de roses et de cactus, ces
forêts de camélias, de manguiers, de bougainvilliers, d'al-
gavès, de caroubiers, de dattiers et de figuiers géants, c'est
leur vigueur et leur fraîcheur. Les verts y sont étince-
lants. Au jardin d'Estrella, on remarque des araucaria
excelsa, touffus jusqu'à la base, ayant 40 mètres de hauteur, et au jardin d'Ajuda, un dracar a draco ayant 36

La place du Commerce.

mètres de circonférence; le tronc seul a 5 mètres de
pourtour.

* *

Les édifices publics et privés de Lisbonne offrent à
l'œil un aspect particulièrement agréable dû aux revêtements de leurs façades par des azuèlos, usage d'im-
portation assyrienne et arabe.

Ces faïences vernissées sont d'une extrême variété de
couleurs et de dessins et constituent fréquemment des re-
productions de scènes, des tableaux qui sont de véritables
œuvres d'art.

Sur ces riches et délicates ornementations promènent fréquemment leurs festons et leurs astragales, des grappes de bougainvilliers aux fleurs de pourpre, des glycines aux couleurs tendres, des branches de géranium lierre et de somptueuses tentures de roses pourpres.

Ces riches revêtements sont parfois intérieurs et extérieurs et donnent un incomparable cachet de distinction et d'élégance à l'habitation. Certains bars, certaines laiteries, logeant même des animaux, ressemblent à de petits palais.

J'intriguais fort l'excellent M. Machado Bernardino, ministre des affaires étrangères, en lui parlant de l'émerveillement que m'avaient causé ces palais des vaches ; il s'empressa de me demander des renseignements complémentaires sur ces palais d'un nouveau genre qui lui étaient inconnus !

Certains auteurs ont attribué une sensibilité spéciale aux Portugais envers les hommes et les animaux.

Je ne dirai rien du développement de ce sentiment en ce qui concerne les premiers, sentiment qui, si l'on se reporte à certains événements récents, ne me paraissent guère dépasser la moyenne, mais quant au second, il se manifeste par des attentions particulières envers certains animaux, notamment les chevaux et les chats.

Pour les premiers, on a disposé, un peu partout, le long des rues, des mangeoires et surtout des abreuvoirs.

Quant aux seconds, ils pullulent, comme les chiens à Constantinople, et se considèrent comme les maîtres de la voie publique, où ils tiennent de nombreuses et parfois bruyantes assemblées, agrémentées de concerts diurnes et nocturnes.

Les grandes places de Lisbonne ne se contentent pas pour ornementation d'un square central ; elles sont, en outre, pavées de mosaïques rappelant l'objet principal des préoccupations et de la richesse du pays, la mer.

Les dessins, tracés à cet effet, représentent l'élément liquide avec une telle vérité que certaines personnes nerveuses affirment ne pouvoir les traverser sans avoir le mal de mer.

Les personnages historiques dont les statues ornent les places publiques représentent les hommes illustres qui, comme Vasco de Gama, Albuquerque, José Ier, Henri le Navigateur, Manuel le Fortuné, le Camoëns, ont été la gloire et l'honneur de leur patrie.

On peut ainsi apprendre, sur la voie publique, l'admirable histoire de cette lignée de grands hommes qui furent les promoteurs de ce mouvement d'expansion extraordinaire du quinzième et du seizième siècle, mouvement qui a porté si haut le nom portugais et si puissamment fait avancer la civilisation.

C'est là un précieux mode d'éducation pour un peuple, à la condition toutefois qu'il ne lui inspire pas que des sentiment d'orgueil et de vanité, mais de fécond labeur et d'émulation créatrice.

Ce coup d'œil d'ensemble jeté sur Lisbonne, il est opportun de revenir à nos aimables hôtes et au Congrès.

*
* *

La ville de Lisbonne nous reçut avec une courtoisie, une générosité, un enthousiasme qu'on ne peut imaginer si l'on n'en a pas été témoin.

Le jour de notre arrivée, les journaux de Lisbonne publiaient un article qui commençait ainsi :

« *Soyez les bienvenus*. — Soyez les bienvenus au Portugal qui vous ouvre les bras joyeux et reconnaissants pour votre visite; Soyez les bienvenus sur ce petit coin de terre occidental de l'Europe, qui doit vous émerveiller par ses beautés naturelles, la douceur de son climat, son radieux soleil et l'âme loyale de son peuple descendant des héros..... »

De son côté, le Syndicat d'initiative de Lisbonne nous adressait la bienvenue en ces termes :

« La Société de propagande du Portugal, heureuse et fière de la réalisation du IVᵉ Congrès international des Syndicats, salue très affectueusement tous les congressistes.....

« Elle fait les vœux les plus sincères pour que tant d'étrangers distingués, venus chez nous de si loin, em-

Place du Roccio.

portent dans leur pays la conviction profonde des hautes qualités qui distinguent notre peuple et gardent le plus doux souvenir de leur séjour temporaire dans un pays ami,..... etc. »

Si les séances de travail furent importantes et donnèrent des résultats satisfaisants, nous devons à la vérité de déclarer que les manifestations et les fêtes furent encore plus nombreuses et plus suivies.

Au risque de donner des regrets à ceux qui n'ont pu

nous accompagner, nous devons témoigner que jamais nous n'avons vu accueil plus cordial et plus empressé, réceptions plus chaleureuses et plus enthousiastes.

Notre présence fut l'occasion de manifestations populaires tellement extraordinaires qu'elles dépassaient de beaucoup le cadre de l'industrie du tourisme, objet de notre réunion.

Sans avoir vaincu aucun ennemi, ni sauvé la patrie, nous avons été appelés à respirer les parfums enivrants du triomphe!

Et il fallait nous toucher, faire appel à toute notre modestie, à tout notre sang-froid pour ne pas nous laisser convaincre nous-mêmes par auto-suggestion que nous étions tous des héros.

Nous avons vu, en effet, d'immenses concours de populations accourir au-devant de nous; les habitations des villes se couvrir, à notre intention, de guirlandes et de fleurs, de tentures et de tapisseries de haute lisse.

Et nous avons dû cheminer, en équipages, sous des arcs de triomphe et dans les rues, sous des pluies de roses, de jasmin et de camélias, aux acclamations de foules enthousiastes.

Quelques-uns d'entre nous furent même hissés sur le pavois si subitement et si inopinément que l'un d'eux perdit son lorgnon dans cette apothéose.

Quelques détails sont nécessaires pour vous donner une idée de ces réceptions princières dans une république.

Le jour même de notre arrivée, un cortège fut formé à l'hôtel de ville par la municipalité, les congressistes et leur bureau pour se rendre au siège de nos délibérations, à la Société de géographie.

Ce cortège eut à traverser le quartier élégant, la rue Aurea, la place du Rocio et autres rues encore. Sur son passage, toutes les voies qu'il devait parcourir avaient été décorées de fleurs; à tous les carrefours se tenaient des musiques qui invariablement jouaient les airs nationaux de France, d'Espagne et de Portugal.

La foule, ainsi que vous pourrez le constater tout à l'heure, était tellement compacte qu'il était à peu près impossible d'avancer.

Le chant de *la Marseillaise*, joué très lentement, était toujours accueilli par des cris frénétiques de : Vive la France !

Bien que ces hommages ne fussent pas provoqués par un désintéressement absolu sans doute, nous n'étions pas moins touchés et émus jusqu'aux larmes de ces manifestations enthousiastes en faveur de notre chère patrie.

On oubliait si manifestement l'Espagne que nous en étions quelque peu embarrassés pour nos camarades.

Un membre du Comité m'a affirmé que pour cette seule fête, il était entré à Lisbonne plus de 60.000 kilos de fleurs.

La séance solennelle d'ouverture fut présidée par M. Bernardino Machado, ministre des affaires étrangères. Inutile de dire que les discours prononcés par le président, le secrétaire général, les représentants des trois puissances furent aussi éloquents qu'appréciés.

Selon l'usage, le représentant de la ville de Toulouse, où c'était tenu le dernier Congrès, M. Paul Feuga, prononça un discours remarquable qui eut le plus grand succès.

Dès le premier jour, les congressistes furent reçus officiellement par le ministre des affaires étrangères au château historique de Belem, situé sur les bords du Tage.

Le lunch eut lieu dans de vastes salles d'une belle ordonnance et dans un somptueux parterre anglais parsemé de fleurs rares.

Il serait difficile d'imaginer un homme d'Etat plus séduisant que M. Machado et, après l'avoir approché, on s'explique très bien la grande popularité dont il jouit à Lisbonne.

A l'occasion, il cultive le madrigal.

Une de ses premières paroles furent les suivantes :

« Je suis charmé qu'un si grand nombre de personnages de distinction nous aient fait l'honneur de nous venir voir de France et d'Espagne et je vous félicite, Mes-

Lisbonne. — Vue du Castillo de Saint Jorge.

sieurs, d'avoir eu le courage d'affronter les dangers que présente, s'il faut en croire certains bruits, le séjour de Lisbonne sous son nouveau gouvernement.

« Arrivés depuis hier, vous devez cependant commencer à être un peu rassurés, car vous avez pu déjà vous apercevoir que le calme le plus parfait règne dans notre capitale.

« Par la suite, vous constaterez qu'il n'existe de troubles, dans notre pays, que dans des esprits malveillants.

« En fait d'émotion, je ne saurais cependant nier qu'à

l'heure actuelle, il en existe une très grande dans mon cœur, à la pensée que le Portugal, malgré son vif désir, ne vous recevra peut-être pas aussi bien qu'il le voudrait et que vous le méritez. »

Il eût été difficile d'être à la fois plus gracieux, plus galant et plus habile. C'était là langage de fin diplomate qui laisse déjà pressentir le caractère que l'on se dispose à donner aux manifestations dont nous allions être l'objet.

La physionomie de ce ministre est des plus caractéristiques et elle a été popularisée par la peinture et la sculpture. On le voit reproduit en tableau, en buste, en pied, un peu partout.

Il est, en outre, doué d'une mémoire extraordinaire. A la suite d'une première présentation, il se rappelait très bien le nom de chacun de nous et s'en servait avec une aisance et un tact parfaits.

Le lendemain soir de ce jour, somptueuse réception à l'hôtel de ville. Sur les marches de l'escalier monumental de l'édifice communal se tenaient immobiles les gardes municipaux revêtus d'un magnifique costume national.

Dans les salles du palais nous attendaient les membres du gouvernement entourés des notables de la cité.

Les femmes du monde officiel avaient gracieusement pris part à cette belle fête et nous y donnèrent l'occasion de constater, en même temps que leur grande amabilité, leur connaissance parfaite de notre langue et leur érudition.

M. le Président Braga, auteur d'une histoire estimée de l'humanité, vaste encyclopédie que l'on peut comparer à l'histoire philosophique des Indes de l'abbé Hauy, est un modeste savant qui a refusé de rien changer à sa vie en acceptant la dignité de Président de la République, dont on l'a revêtu.

Il continue à habiter une très humble demeure et à

se rendre tous les jours à l'école y faire son cours, en prenant place dans le tramway populaire.

Il se montra, pour nous, particulièrement accueillant.

Mais en outre de la soirée qui avait lieu à l'intérieur du palais, une manifestation colossale se produisait à l'extérieur.

Une longue procession de manifestants ne cessa de couler, ardente comme les laves d'un volcan, pendant quatre heures, c'est-à-dire de dix heures du soir à deux heures du matin, aux pieds de notre balcon. Elle poussait des vivats incessants, dont les plus nombreux étaient : Vive la France! Vive l'Espagne! Vive le Portugal! Vive la République!

Ces manifestants, admirablement organisés, accompagnés de musiques et de drapeaux, étaient un mélange de toutes les sociétés, de toutes les associations, de tous les corps de métiers, de la ville et des environs. Toutefois l'élément populaire y dominait.

Cet enthousiasme passionné, ces cris incessants, ces clameurs puissantes, ces foules grouillantes et agitées par les sentiments les plus divers, ces visages convulsionnés, les yeux sortant des orbites, produisaient dans la nuit un effet des plus émouvants, des plus impressionnants. On aurait dit une mer démontée dont les flots furieux menaçaient de tout engloutir.

Il était manifeste que l'idée de tourisme était rejetée à l'arrière-plan et que ce dont il s'agissait c'étaient de ces aspirations vagues et confuses vers le mieux-être, de ces désirs plus ou moins légitimes d'améliorations sociales; de ces espérances suprêmes à un bonheur prochain au moindre effort, et autres sentiments analogues qui agitent plus ou moins les foules anxieuses en temps de Révolution.

Ainsi chaque génération nouvelle reprend inlassablement le cycle des espérances déçues et des espoirs trompés mais sans cesse renaissants des générations disparues!

C'est toujours le Sisyphe classique remontant sans relâche le rocher sur la montagne, sans parvenir jamais à l'y fixer.

Il me resterait encore, Mesdames et Messieurs, à vous faire le récit des fêtes, excursions et réceptions qui nous ont été royalement offertes; à vous dire quelques mots sur la situation exacte du Portugal; à vous parler avec sincérité, à défaut d'autres mérites, des personnages et des choses du Portugal, tels qu'ils nous sont apparus. Ce sera, si vous le voulez bien, pour une autre séance.

IMPRIMERIE M. BONNET, 2, RUE ROMIGUIÈRES. — TOULOUSE.

www.ingramcontent.com/pod-product-compliance
Lightning Source LLC
Chambersburg PA
CBHW060903180626
46818CB00004B/1824